03
I HATE | NATSUME KAZKI

SOMMAIRE

Nozomi Hirose,
27 ans.

Toujours puceau
malgré mon âge.

Tout ça parce qu'il
m'est impossible
d'embrasser une femme.

Seigneur Dieu...

Si ma vie est
un fiasco pareil...

... c'est bien à
cause de ce type.

J'aimerais
tellement l'oublier.
I HATE

Hana Yaoi

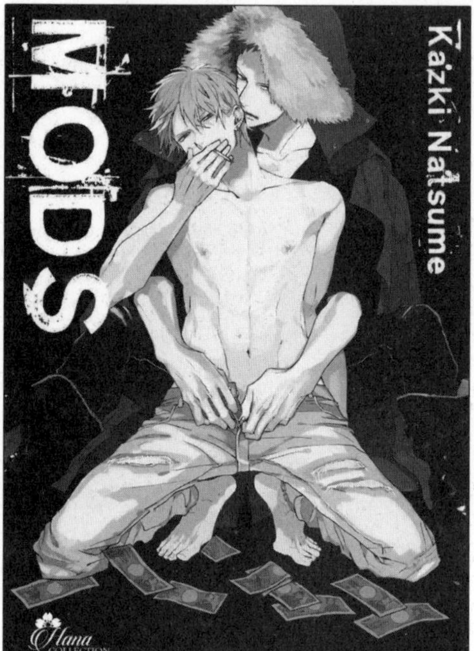

Résumé :

Pour éponger une dette contractée par sa petite soeur, Tora trouve un travail bien payé dans un établissement de prostitution masculine nommé «Rain», où il doit servir de chauffeur à leur employé le plus populaire, Shiro. Le boulot ne se passe pas trop mal, même si Tora doit régulièrement résister aux avances de Shiro, qui le trouve physiquement à son goût. Mais un soir, Tora retrouve Shiro couvert de blessures à cause d'un client trop violent ; lorsqu'il le soigne, Shior lui dit quelque chose que Tora n'arrive pas à oublier...

Dans les profondeurs de leurs coeurs glacés, deux hommes ont désespérément besoin d'amour... Découvrez le nouveau manga tant attendu de Kazki Natsume !

Un manga de ***Kazki Natsume***
Genre : Yaoi - Drame - Tranche de vie
One shot

Egalement disponible dans la collection Hana

I HATE/I LOVE

Je suis contente d'avoir fait mes débuts avec cet histoire. Au début je ne savais même pas trc comment écrire un scénario donc j'ai envoy mon texte, comme ça, directement à l'édite qui était sans voix. Apparemment, ce terme c « kiss-friends » existe bel et bien dans les lycée C'est cette fougue, cette immaturité et ce cc ractère impulsif que j'aime chez les jeunes c cet âge-là !! Les adolescents sont comm des boules de cristal étincelante Il était prévu que Kiriya soit ho depuis le départ, mais je dc avouer qu'il n'a pas toujou réagi comme je l'avais imc giné... heureusement, tou s'est passé pour le mieu (rires) ! C'était du boulo mais je suis heureuse d'avc pu dessiner ce couple Une chose est sûr en tout cas, c'es que Kiriya va s'e donner à cœu joie pour rendr le corps de so petit Hiro encor plus érotique

No where, Now here

J'ai également eu pas mal de difficultés à dessiner ce couple. Je voulais dessiner une histoire pleine de nostalgie, avec deux personnes qui avaient grandi ensemble, s'était éloignées et avaient changé. J'ai un peu honte de le dire, à présent, mais en dessinant cette histoire je n'arrêtais pas de m'interroger sur ce qu'était réellement l'amour. D'ailleurs, j'ai même cherché « Qu'est-ce que l'amour ? » sur google... La ville où se déroule l'histoire n'est pas ma ville natale, néanmoins, je me suis inspirée de photos de chez moi pour les paysages, comme par exemple pour le magasin de vélos. Ça me rappelle tant de souvenirs ! Pendant la prépublication de cette histoire, mon éditeur trouvait toujours les mots justes, je n'en revenais pas.

Kiriya et Akaya sont amis depuis le lycée. Ensemble, ils sont tellement grands qu'ils en deviennent un peu intimidant pour les autres.

Enchantée je m'appelle Kazki Natsume
Je vous remercie de vous être procuré cet ouvrage
C'est mon tout premier manga ! Je n'en reviens pas qu'il soit sorti, et surtout, que vous le lisiez. J'en suis très reconnaissante ! Si j'ai pu le dessiner, c'est grâce à mon éditeur et à ses précieux conseils. J'espère qu'il vous plaira, ne serait-ce qu'un peu.
Je remercie ma famille, mes amis, mon éditeur et vous, chers lecteurs !
Merci à tous !

Kazki Natsume

Nozomi Hirose (27)

Groupe sanguin O, 170cm, non-fumeur

Il est devenu gay par la force des choses. Il est du genre à devenir plus fort une fois que les autres l'ont accepté. C'est quelqu'un de compliqué. Il tient très bien l'alcool.

Kaoru Kiriya (27)

Groupe sanguin B, 178cm, fumeur

Il a accepté l'offre du patron du club pour pouvoir se nourrir. En réalité il tient mal l'alcool, par contre, il cuisine très bien. Il aime tout ce qui est sucré.

Akaya Hinomoto (27)

Groupe sanguin AB, 186cm, fumeur

Il est tellement optimiste que les gens ont du mal à savoir ce qu'il pense réellement. C'est un génie dans son domaine. Il aime la liberté, d'ailleurs, il lui arrive de prendre congé et de ne pas revenir pendant plusieurs jours (il part à l'étranger).

Aoe Itsuki (27)

Groupe sanguin B, 168cm, non-fumeur

Il est fonctionnaire et a une perruche (Monsieur Tenten) chez lui. Il est vraiment nul pour les relations humaines, même au travail, et ne sait pas non plus cuisiner. Depuis qu'il a accepté ses sentiments pour Akaya, il a tendance à céder à tous ses caprices en rougissant. Ils sont très amoureux.

BONUS

I HATE

I HATE

www.boys-loves.fr

Adaptation graphique : Studiomoshi
Maquette : Pierrick Gontero
Traduit du japonais par : Aline Kukor
Responsable Editorial & Production : Tony Graci

Remerciements particuliers à Aurélie Valognes

Dépot légal : Décembre 2017
ISBN 978-2-36877-571-4

Imprimé par GZ Digital Media as

Nozomi Hirose garde toujours la clé de chez lui autour de son cou.
J'AVAIS TOUJOURS MA CLÉ AVEC MOI ÉTANT ENFANT, COMME MES PARENTS TRAVAILLAIENT TARD.
Fils unique
C'EST DEVENU UNE HABI-TUDE...
HAN
DIS...
HAN
Nh !
TU POURRAIS AU MOINS LA RETIRER QUAND ON FAIT L'AMOUR !
Ne la mords pas !
J'AI TELLEMENT L'HABITUDE DE L'AVOIR AUTOUR DU COU...
... QUE JE DEVIENS UN PEU ANXIEUX QUAND JE L'ENLÈVE...
.....
KIRIYA ?
T'ES LOURD...
Tu me saoules !!!
MAIS JE SUIS LÀ, MOI !
T'ES LOURD, J'AI DIT !
C'était censé être une conversation un peu mi-gnonne, mais Kiriya l'a tellement gonflé qu'il s'en est pris une.
FIN

Kaoru Kiriya ne pense qu'à Hiro en permanence.
C'EST MOI QUI AI RENDU LE CORPS DE HIRO COMME IL EST MAINTENANT.
Que ce soit pour les baisers ou pourle sexe, il n'appartient qu'à moi.
C'EST MOI QUI L'AI ÉLEVÉ, SI JE PUIS DIRE.
AH LÀ LÀ, KIRIYA CHÉRI !
Il n'écoute rien.
C'EST TOUJOURS MEILLEUR DE MANGER CE QU'ON A FAIT POUSSER SOI-MÊME.
Il jardine un peu.
TU FAIS UN POTAGER CHEZ TOI ?
EH BEN MOI, JE DÉTESTE CE CÔTÉ DE TA PERSONNALITÉ !
TU ES LE PIRE DE TOUS... !
À CE RYTHME-LÀ, JE RESTERAI PUCEAU TOUTE MA VIE.
GRAB
....!
KIRIYA...
TU POURRAIS ARRÊTER DE ME TRIPOTER LA POITRINE, S'IL TE PLAÎT !?
POUIT
POUIT
La prochaine fois, il va essayer de l'éveiller au plaisir que procurent les tétons.

Boucles
Épis
BONJOUR !
Barbe
Akaya Hinomoto est du genre vorace.
Et il a les cheveux bouclés naturellement.
T'AS PEUT-ÊTRE L'AIR D'UN MEC GENTIL À PREMIÈRE VUE, MAIS EN TOUT CAS, TU N'AS PAS PERDU DE TEMPS POUR ME SAUTER DESSUS !
ESSAYE DE ME COMPRENDRE UN PEU, JE PENSAIS QU'ON ÉTAIT AMIS, MOI !!
HAHAHA
ET... ET PUIS T'ES UN PEU TROP BRUTAL AU LIT !!
BEN JE SUIS UN MEC, APRÈS TOUT.
HAHAHA
HAHAHA
C'était ma première fois avec un homme, je te signale !
EN PLUS...
... QUAND JE T'AI VU, DEVENU SI MATURE, APRÈS CES CINQ LONGUES ANNÉES...
T'étais trop sexy.
... BEN... ÇA M'A FAIT DE L'EFFET, SI TU VOIS CE QUE JE VEUX DIRE.
HAHAHA
Moi je te comprends !
Ces deux-là, je vous jure !

ABOUT THEM !

Aoe Itsuki est astigmate.
Sph -0,25
Cyl -2,50
Axe 90°
À peu près
(il a une très mauvaise vue)
Monsieur Tenten, sa perruche.
EN PLISSANT LES YEUX JE VOIS, MAIS EN DOUBLE.
Il ne porte ses lunettes que quand il travaille.
Tout sérieux
Certains de vos boutons sont ouverts.
* Ce ne sont pas des lunettes de lecture.
TU VOIS COMMENT QUAND TU LES ENLÈVES, ALORS ?
TON VISAGE EST TOUT FLOU.
SI JE M'APPROCHE COMME ÇA, TU ME VOIS BIEN ?
NON...
ET LÀ ?
TOU-JOURS PAS...
ENCORE PLUS PRÈS ?
Grâce à ça, il peut facilement avoir des moments câlins.
C'est l'amour fou, dis donc !!!!

C'EST DINGUE !
ILS VONT BIENTÔT S'INSTALLER ENSEMBLE, TOUS LES DEUX.
ILS ONT DE LA CHANCE.
OUI...
JE LES ENVIE...
.....
DÉSOLÉ !
ON EST DE RETOUR !
AH !
SALUT !
ZWOUSH
.....
Love is here...? ●FIN

RESTE TEL QUE TU ES... !
Il se rend seulement compte de ce qu'il a dit et de la position dans laquelle il se trouve.
AH...
HÉ !
C'EST TOI QUI VOULAIS QUE JE SOIS DESPOTIQUE, NON ?
OUI, MAIS JE N'AI PAS DIT QUE TU POU-VAIS ALLER AUSSI LOIN !!!
KIRI...
SMACK
SMACK
FRISSON
NNH... !
Attends ... !

JE SUIS DÉSOLÉ DE T'AVOIR ENTRAÎNÉ DANS CETTE VOIE...
CLANG
PARDONNE-MOI.
POF
SMACK
...!
TU ES TOUJOURS DU GENRE DESPOTIQUE, POURQUOI TU TE MONTRES SI FAIBLE, MAINTENANT... !?

J'AI PRIS LA FUITE SANS RÉFLÉCHIR.
CRIII
SURSAUTE
HIRO...
TOUT VA BIEN ?
AH, EUH... OUI !
BOBOM
BOBOM
J'AI UN SENTIMENT DE DÉJÀ-VU...
ÇA TE DÉPLAÎT TANT QUE ÇA ?
D'ÊTRE VU AVEC MOI...
NON...
CE N'EST PAS ÇA DU TOUT...
QUOI ?
COMMENT DIRE...
EXCUSE-MOI.

ON VOUS A INTERROMPUS ALORS QUE VOUS PASSIEZ UN BON MOMENT.
HEIN ?
PAS VRAI, AOE ?
Nyéhéhé
HEIN !?
TU NE VAS PAS VOIR, KIRIYA ?
SURSAUTE
EUH...
OUI...
Désolé.
.....

ÇA POUR UNE SURPRISE !!
KIRIYA, HIROSE ! ÇA FAIT UN BAIL !
QU'EST-CE QUE VOUS FAITES ?
ON CHOISIT UNE NOUVELLE LITERIE.
SÉRIEUX ? NOUS AUSSI !
Muet
.....
Hahaha ! Quelle coïncidence !
ARRÊTE DE ME REGARDER... !
Le regard de Kiriya
QUATRE GAYS QUI SE SONT CROISÉS PAR HASARD
JE...
CLANG
JE VAIS AUX TOILETTES...
.....
HIROSE VA BIEN ?
TAP
TAP
Il était un peu pâlot...

Ça me semble évident.
SI ON VEUT VIVRE ENSEMBLE, IL VA NOUS FALLOIR UN NOUVEAU LIT ET TOUT CE QUI VA AVEC.
LA VRAIE QUESTION, C'EST COMMENT ON EN ARRIVE À PARLER DE VIVRE ENSEMBLE ! TU AURAIS PU AU MOINS ME CONSULTER !
EN PLUS, DEUX MECS QUI ACHÈTENT DE LA LITERIE ENSEMBLE...
... C'EST TROP GRILLÉ QU'ON EST GAYS !!!
AOE, TU PRÉFÈRES LES OREILLERS DURS OU MOUS ?
HM ?
AH...

HIRO, TU PRÉFÈRES QUAND C'EST BIEN DUR PLUTÔT QUE QUAND C'EST MOU ?
HMM ? AH, OUI...
ET TU N'AIMES PAS ÊTRE SERRÉ ?
DANS CE CAS, JE DEVRAIS ACHETER UN LIT DOUBLE.
Au fait...
TU PEUX ME DIRE POURQUOI TU VIENS CHOISIR TA LITERIE SUR MON LIEU DE TRAVAIL ?
Love is here...?

Je t'aime...

* « Mikazuki » en japonais. La suite est donc « Kisu », un baiser.

* Ici, la réponse attendue est « suki », du verbe « aimer » (ou « je t'aime »).

Dernière partie ●FIN

TU VAS VRAIMENT RENTRER ?
TU POURRAIS RESTER ICI UN PEU PLUS LONGTEMPS.
J'AI MON BOULOT...
JE COMPRENDS.
LA PROCHAINE FOIS C'EST MOI QUI VIENDRAI TE VOIR.
......
AH ! AOE...
SMACK
ちゅっ
QU... !?
C'EST LA SUITE...

JE NE VOULAIS PAS QUE TOUT SE TERMINE COMME ÇA...
MAIS SI CE PARC DISPARAISSAIT, ALORS...
... JE ME SUIS DIT QUE MES SENTIMENTS DISPARAITRAIENT PEUT-ÊTRE AVEC LUI.
....!
QU'EST-CE QUE TU RACONTES...

TU AS VU...
... LA SUITE ?
....!
ÉVIDEMMENT ! C'EST POUR ÇA QUE...
... JE SUIS ICI... !
C'EST PAS POSSIBLE...
JE NE PENSAIS PAS...
... QUE TU LA VERRAIS...

AOE...
SI TU AS L'INTENTION DE FAIRE COMME SI RIEN NE S'ÉTAIT PASSÉ, IL VALAIT MIEUX NE RIEN FAIRE DU TOUT !
.....
QUOI, TU COMMENCES À FLIPPER, PEUT-ÊTRE !?
IL EST UN PEU TARD POUR ÇA !
IL EST UN PEU TARD...
... POUR DESSINER UNE SUITE !
JE...
J'AVAIS TELLEMENT ENVIE DE TE VOIR...
... C'EST POUR ÇA QU'HIER SOIR, JE...
TU DEVRAIS COM-PRENDRE... !

SBAF
AÏE !
HEIN... ?
.....!

SHKAC
AKAYA...
IL FAIT FROID...
AH...
PARDON...
CRSH
JE VAIS RENTRER.
TAP
AKAYA...
TU TE SENS MIEUX ? TU VEUX MANGER UN MORCEAU ?
TU N'AS RIEN AVALÉ DEPUIS HIER, TU DOIS MOURIR DE FAIM !
DE LA BOUILLIE DE RIZ, ÇA T'IRAIT ?
JE VAIS T'EN PRÉPARER.

CUI CUI
チチ
CUI CUI
GSHH
NH...
......
AKAYA... ?

AOE... !
TU AS MAL... ?
HAN
HAN
HAN
....!
NNH... !

AKAYA... !
FRISSON
HAN
SMACK
HAN
SMACK
PLISH
HAN
PLIC
FRISSON
!
GSHH
GNH... !
GRAB
PLISH
BRR
BRR
BRR
GNH !
AAH... !

SERRE
...!
GSHH
SMACK
SMACK
NNH...
SMACK
SMACK
FRSH
SMACK
NNH... !

CARESSE
GSHH

NE PARS PAS...
JE T'EN PRIE...
AOE... ?

RESTE...

JE... !!
KHOFF
KHOFF
KHOFF
KHOFF
KHOFF
VLAM
AOE ! EST-CE QUE ÇA VA !?
JE FILE T'ACHETER DES MÉDICAMENTS !
DASH
LA PHARMACIE EST JUSTE AU COIN DE LA RUE, JE SERAI VITE DE RETOUR...

JE NE COMPRENDS PLUS RIEN !
TU AS DÉCIDÉ DE PARTIR POUR TOKYO ET PUIS TU N'ES PLUS REVENU PENDANT CINQ ANS.
AOE...
TU CROIS ÊTRE LE SEUL À ÊTRE DEVENU ADULTE !? C'EST N'IMPORTE QUOI !
....!
ET MOI NON PLUS...
MOI NON PLUS, JE NE SAIS MÊME PAS POURQUOI JE TENAIS TANT À VENIR ICI !
JE N'ATTENDAIS PAS QUE TU DESSINES UNE SUITE... !!

TU ES DONC ALLÉ TRAVAILLER NORMALEMENT ?
TU ES SÛR QUE TOUT VA BIEN ?
QUE S'EST-IL PASSÉ ?
ÇA NE TE RESSEMBLE PAS.
ET QU'EST-CE QUI ME RESSEMBLE, EXACTEMENT !?

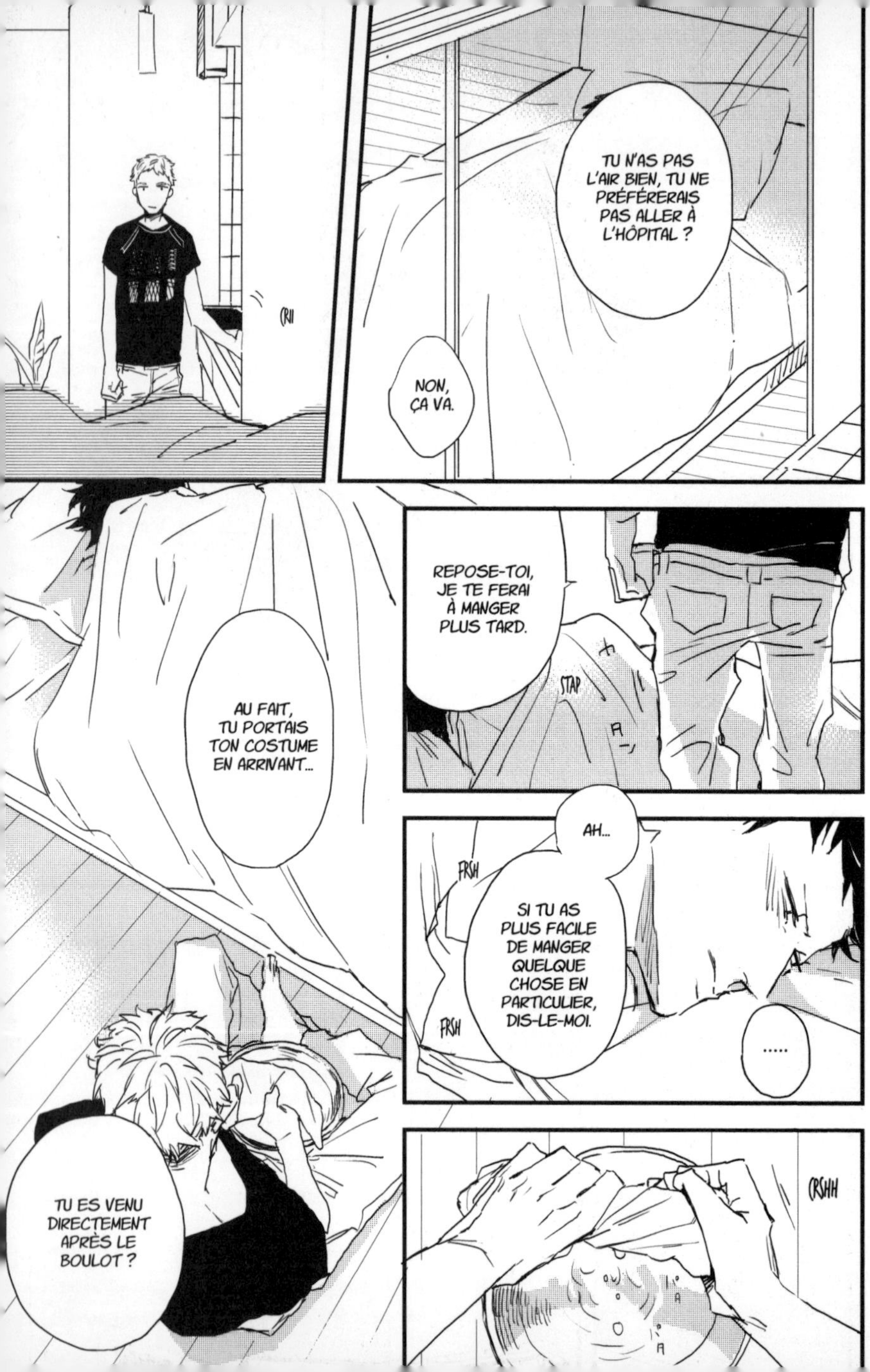
TU N'AS PAS L'AIR BIEN, TU NE PRÉFÉRERAIS PAS ALLER À L'HÔPITAL ?
NON, ÇA VA.
CRII
REPOSE-TOI, JE TE FERAI À MANGER PLUS TARD.
STAP
AU FAIT, TU PORTAIS TON COSTUME EN ARRIVANT...
TU ES VENU DIRECTEMENT APRÈS LE BOULOT ?
AH...
FRSH
SI TU AS PLUS FACILE DE MANGER QUELQUE CHOSE EN PARTICULIER, DIS-LE-MOI.
FRSH
.....
CRSHH

TAP
DAM
DAM
TAP
JE NE VOULAIS PAS TE DÉRANGER PENDANT TON TRAVAIL...
JE VAIS RENTRER !!
Hein !?
ATTENDS UN PEU !
TU AS ENCORE DE LA FIÈVRE !!
....!
POF
.....
JE SUIS SINCÈREMENT DÉSOLÉ POUR TON BOULOT.
NE T'EN FAIS PAS POUR ÇA.
PLIC
PLIC

CLAC
TU ES RÉVEILLÉ ?
SHTAK
AKAYA... ?
COMMENT TE SENS-TU ?
TU AVAIS UNE DE CES FIÈVRES, JE NE TE RACONTE MÊME PAS !
Ah, j'ai pris la liberté de changer tes vêtements.
QU'EST-CE QUE... JE FAIS ICI... ?
TU T'ES EFFONDRÉ AU STUDIO.
AU STUDIO...
OH NON !!
DÉ... DÉSOLÉ !!!!
HÉ !?

SBOM
Aoe !?
PSHH しゅん
PSHH しゅん
PSHH
PSHH
FRSH
FRSH
GWOO
GWOO

QU'EST-CE QUE...
HAN
... J'AURAIS VOULU QU'IL DISE, AU JUSTE... ?
VWOUSH
.....?
HAN
HAN
ZWOUP
HAN

HAN
C'EST ÇA, SA RÉACTION... ?
HAN

AH BON...
BROUHAHA
ザワ
LA ZONE EST EN PLEIN DÉVELOPPEMENT...
... ÇA DEVAIT BIEN FINIR PAR ARRIVER.
SURSAUTE
AKAYA !!! LE MODÈLE EST ARRIVÉ !
DÉSOLÉ, JE DOIS Y RETOURNER.
TU PEUX M'ATTENDRE ICI.
AH ! D'ACCORD...

C'EST UNE SACRÉE SURPRISE...
Les appareils photo sont prêts, on peut faire les tests !
D'accord !
QUE FAIS-TU ICI ?
.....
QUAND JE SUIS PASSÉ À TON BUREAU ILS M'ONT DIT QUE JE TE TROUVERAIS ICI...
CRR
.....
AOE ?
NOTRE JEU...
... VA DISPARAÎTRE.
HEIN ?
LE PARC...
... VA ÊTRE RASÉ.

RAAAH, JE SUIS CREVÉ...
Vite, mes clopes...
JE VOUS LE RÉPÈTE !
VOUS NE POUVEZ PAS ENTRER ICI SANS ACCRÉDITATION !
Et puis vous avez vu l'état dans lequel vous êtes !?
MAIS, JE...
JE SUIS UN AMI D'AKAYA HINOMOTO...
CLANG
STUDIO
.....
AKAYA...

Tu veux combien de prises ?
AU FAIT, TU AS PU RENTRER CHEZ TOI HIER SOIR ?
NON...
J'AI LOUPÉ LE DERNIER TRAIN.
J'ai dormi au bureau.
OUAH ! ENCORE !?
23
Voilà le plan pour les prises.
Parfait !
TU SAIS COMMENT ON APPELLE LES GARS COMME TOI ?
DES BOURREAUX DU TRAVAIL !!
TU ES COMME ÇA DEPUIS QUE TU ES RENTRÉ À TOKYO.
IL S'EST PASSÉ QUELQUE CHOSE DANS TA VILLE NATALE ?
.....
HAHAHA !
GRAB
TU NE T'EN TIRERAS PAS UNE NOUVELLE FOIS AVEC UN SIMPLE SOURIRE !
Il ne s'est rien passé, je t'assure.
Merci de t'inquiéter.
C'est rien.
OUAIS, PROFITES-EN POUR FAIRE UNE PETITE PAUSE !
S'il y a quoi que ce soit tu peux m'en parler !
JE VAIS M'EN FUMER UNE, JE REVIENS.

AKAYA !
ON A TERMINÉ TOUS LES PRÉPARATIFS.
À QUELLE HEURE ARRIVE LE MODÈLE ?
VERS 11 HEURES.
AKI, TU PENSES POUVOIR CHANGER TOUT L'ÉCLAIRAGE AVANT SON ARRIVÉE ?
NO PROBLE-MO.

AKA...
... YA...
AH !
STAP

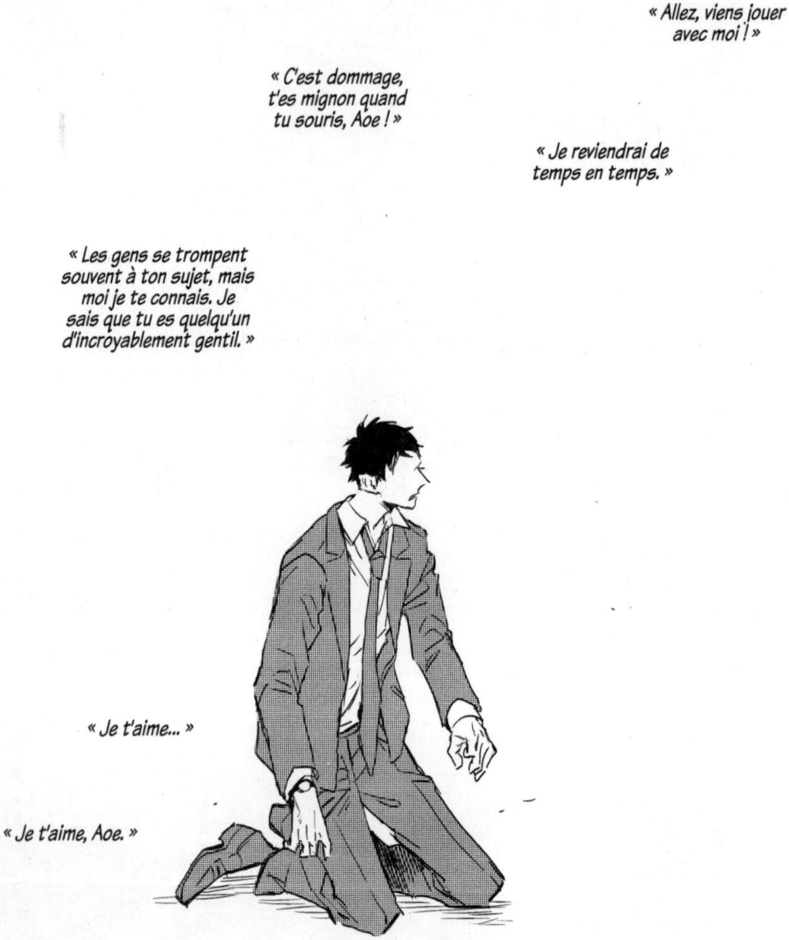
« Allez, viens jouer avec moi ! »
« C'est dommage, t'es mignon quand tu souris, Aoe ! »
« Je reviendrai de temps en temps. »
« Les gens se trompent souvent à ton sujet, mais moi je te connais. Je sais que tu es quelqu'un d'incroyablement gentil. »
« Je t'aime... »
« Je t'aime, Aoe. »

...!
WHAM
PLIC
PLIC

.....
IL Y A UNE SUITE...
ELLE N'Y ÉTAIT PAS...
... CE JOUR-LÀ...
Aoe ! Tu te caches encore ici !?
!

« Alors, jusqu'où j'avais dessiné, hier ? »
« Aubergine... pastèque... »
PANDA...
... AU-TRUCHE...
... MER...
MANDARI...

Travaux
informations
10/1 ~ 11/1
PARC
TAKARAJIMA
.....
TOI AUSSI
TU VAS
DISPARAÎTRE...

JE NE SUIS PAS D'ACCORD !!
SBAM
CALME-TOI, ITSUKI.
Assieds-toi.
CLANG
ガタ
EXUSEZ-MOI...
CRSH
BIEN, PASSONS AU SUJET SUIVANT...
PLIC
PLIC

QUOI... ?
LE PARC TAKARAJIMA... ?
LES JEUX DE CE PARC SONT TELLEMENT DÉGRADÉS QUE LES ENFANTS RISQUENT PLUS DE SE BLESSER QU'AUTRE CHOSE.
ON NE PEUT PAS VIVRE DANS LE PASSÉ ET LAISSER LES CHOSES DANS CET ÉTAT.
A... ATTENDEZ UNE SECONDE !
BROUHAHA
CE PARC EST TRÈS FRÉQUENTÉ PAR LES GENS DU VOISINAGE, C'EST UN PEU LEUR HAVRE DE PAIX ! CE QUARTIER SANS CE PARC, C'EST IMPENSABLE... !!

NOUS EN ARRIVONS À PRÉSENT À L'ÉLARGISSEMENT DE LA ZONE « NEW TOWN ».
Préserver la nature en ville
Garder les a mmerçantes
JE PENSE QU'IL EST IMPORTANT DE PRÉSERVER LES ANCIENS COMMERCES ET...
NOUS COMPRENONS VOTRE POINT DE VUE, ITSUKI...
.....
... MAIS IL A DÉJÀ ÉTÉ DÉCIDÉ QUE NEW TOWN S'ÉTENDRAIT DE LA GARE JUSQU'AU PARC TAKARAJIMA.
JEUNE HOMME, VOUS FAITES PARTIE DU SERVICE DE LA VIE CITOYENNE, NON ?
EH BIEN, OUI, MAIS...
.....
URGH !

FRSH
Si j'y vais, les choses ne pourront certainement pas rester comme elles le sont.
J'AI PEUR...
NNA
NNA 461便
09月30日
松山
MATSUYAMA
19:00発
東京／羽田
TOKYO/HANEDA
21:15着
1-10A
QUE FAIRE... ?
C'EST DÉJÀ DEMAIN...

NNA
A STAR ALLIANCE
09月30日
MATSUYAMA
19:00発
NNA 461便
東京／羽田
TOKYO/HANEDA
21:15着
J'AI ACHETÉ CE BILLET SUR UN COUP DE TÊTE...
QU'EST-CE QUE JE COMPTE FAIRE, EXACTEMENT ?
SHTAK
JE...
Tout va bien, monsieur ?
POC
JE N'ARRIVE PAS À CROIRE QUE JE ME SOIS COMPORTÉ AINSI EN PLEINE RUE... !
Trop la honte !
« Je t'aime, Aoe. »

VUI VUI
VUI VUI
Préserver la nature en ville
Garder les anciennes rues commerçantes
1.
PFFF
VUI VUI
VUI VUI
OUPS...
ON DIRAIT QUE JE ME SUIS ENDORMI...
* Billet d'avion pour Tokyo
09月30日
NNA 461便
東京／羽田
19:00発
21:15着
10A
......
CRIII

Aoe...
Tu m'accompagneras à l'aéroport ?
Non.
Tu dis ça, mais je sais que tu viendras.
.....

* Aucun mot en japonais ne commence par le hiragana « n », il est donc impossible de trouver une suite.

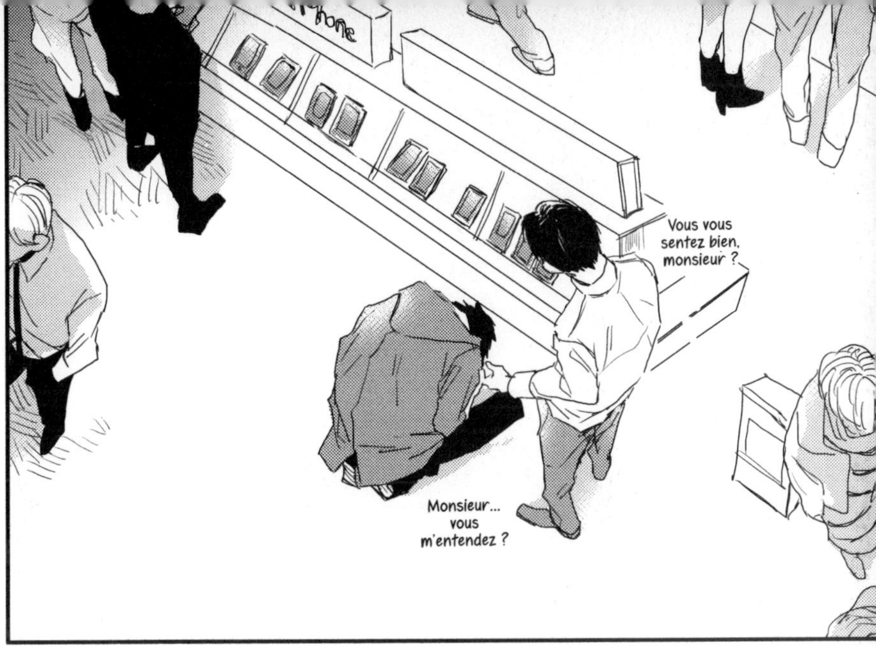

Je veux connaître...

... la distance qui nous sépare toi et moi, là, tout de suite.

Deuxième partie •FIN

Quelle chance !
OH ?
VOUS PARTEZ BIENTÔT À TOKYO, MONSIEUR ?
EUH... MONSIEUR ?
QUE SE PASSE-T-IL ?
Où allons-nous ?
AKAYA...
Akaya ! Nous avons terminé les réglages !
Très bien...
J'ARRIVE.
Qu'allons-nous devenir ?

... LA DISTANCE ENTRE CETTE VILLE ET TOKYO...
BIP !
XX kilomètres.
Siri
Où...

IL VOUS SUFFIT DE PARLER EN DIRECTION DE VOTRE TÉLÉPHONE POUR LANCER N'IMPORTE QUELLE RECHERCHE SUR INTERNET !
Allez-y, essayez !
QUELLE EST...

QU'EST-CE QUE JE LUI DIRAIS, DE TOUTE FAÇON... ?
MONSIEUR !
SURSAUTE
POF
GLOUPS
PARDON... ?
Euh... Eh bien...
AVEZ-VOUS DÉJÀ VU NOS TOUT NOUVEAUX SMART-PHONES ?
DOM
Degré de communication supportable
Out
Niveau de communication d'Aoe
Safe
VOUS UTILISEZ ENCORE UN TÉLÉPHONE À CLAPET, MONSIEUR !?
ILS SONT FANTASTIQUES ! VENEZ JETER UN ŒIL !!
AT-TEN-DEZ...
Par ici !

HAN !
HAN !
Nouveau message
To : Akaya
<texte>
CRRR
HAN !
HAN !
QU'EST-CE QUE JE FABRIQUE ?

« Qu'est-ce qui vous a donné l'
Eh bien, c'est un peu gênant, mais
Quand nous étions enfants, nous
nous dessinions en cachette sur les pa
si content à chaque fois que nous
par-dessus tout, c'était le voir so
pour moi. Mais malheu
eureux de
ce que je désirais
une lettre d'amour,
nique (rires).
Mais malheureusement, mon amour est à sens unique (rires).
Quelle belle histoire. C'est donc cette expérience
ouvert les portes du merveilleux monde du design
DASH
Merci et au revoir.
わ書店

Ça me rendait heureux de le voir si content à chaque fois que nous continuions notre petit jeu de dessin.
Ce que je désirais par-dessus tout, c'était le voir sourire.
Ce petit jeu était un peu comme une lettre d'amour, pour moi.

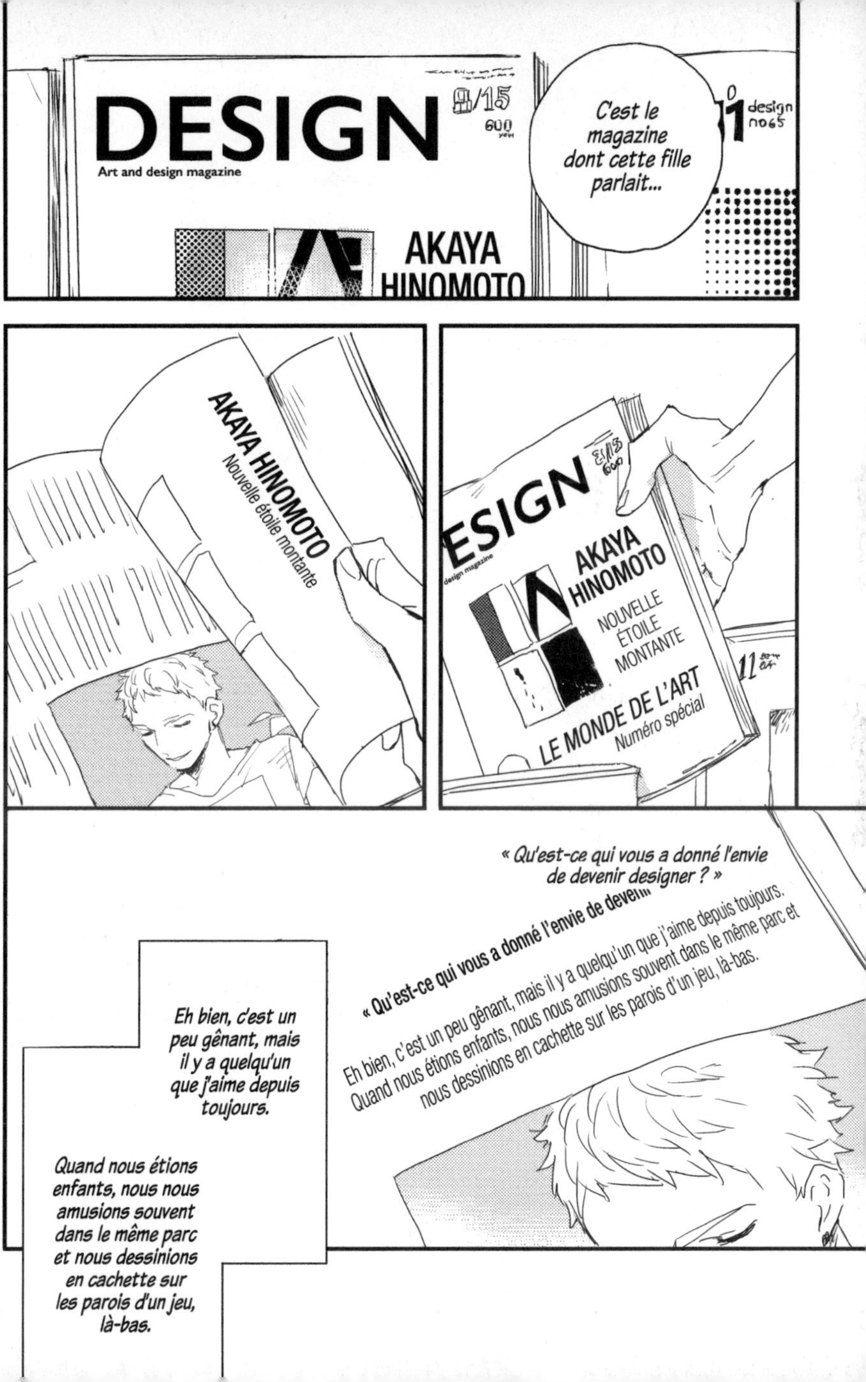

DESIGN
Art and design magazine
AKAYA HINOMOTO
C'est le magazine dont cette fille parlait...
AKAYA HINOMOTO
Nouvelle étoile montante
ESIGN
AKAYA HINOMOTO
NOUVELLE ÉTOILE MONTANTE
LE MONDE DE L'ART
Numéro spécial
« Qu'est-ce qui vous a donné l'envie de devenir designer ? »
« Qu'est-ce qui vous a donné l'envie de deven
Eh bien, c'est un peu gênant, mais il y a quelqu'un que j'aime depuis toujours. Quand nous étions enfants, nous nous amusions souvent dans le même parc et nous dessinions en cachette sur les parois d'un jeu, là-bas.
Eh bien, c'est un peu gênant, mais il y a quelqu'un que j'aime depuis toujours.
Quand nous étions enfants, nous nous amusions souvent dans le même parc et nous dessinions en cachette sur les parois d'un jeu, là-bas.

A-5...
REAL
DESIGN
Art and design magazine
AKAYA
HINOMOTO
Pen
特集
AH...

DING
DANG
大型スーパー
PELIA
OPEN SALE
DING
Ce bâtiment est déjà terminé... ?
OPEN!!
LE LIVRE QUE VOUS RECHERCHEZ...
AH !
VOILÀ, ÉTAGÈRE A-5.
MERCI BEAUCOUP.

HAHA
.....
HAHA
HAHA
KHOFF
KHOFF
HAHA
GYAHA AHAH !
ÉVIDEMMENT QUE NON, DÉSOLÉ !
HAHA
HAHA
QU'EST-CE QUI VOUS PREND, TOUT À COUP ?
Non, je n'ai personne.
RIEN...
EXCUSE-MOI...
Hop là
C'EST BIEN DE TRAVAILLER DUR, MAIS IL FAUT AUSSI SAVOIR SE MÉNAGER.
AH LÀ LÀ...
AH, JE SAIS ! TU VOUDRAIS VENIR AU PROCHAIN RENDEZ-VOUS DE GROUPE ?
Hein !?
NON MERCI.
Pourquoi ? Tu oublierais tous tes tracas !!
C'est inutile.
Tss ! Toujours aussi asocial !!

Tu devrais ralentir le rythme avant de t'effondrer.
D'AILLEURS, TU NE PRENDS TES PAUSES QUE QUAND JE VIENS TE LE FAIRE REMARQUER.
JE SUIS DÉSOLÉ... MAIS NE VOUS EN FAITES PAS, TOUT VA BIEN.
NON, ÇA NE VA PAS BIEN !!
TU VAS VRAIMENT FINIR EN CHARPIE SI TU CONTINUES COMME ÇA !
WHAM
ON N'EST PLUS TOUT JEUNES, TU SAIS !!
Ton corps ne tiendra pas le coup !!
Désolé...
Arrêtez de me pointer du doigt...
PFFF
JE PRÉFÈRE RESTER OCCUPÉ.
ITSUKI...
TU AS QUELQU'UN DANS TA VIE ?
!
PFFRT

PFFF
JE NE SUIS PAS TRÈS EMBALLÉ À L'IDÉE QUE TU FASSES AUSSI LE BOULOT DES AUTRES DÉPARTEMENTS.
TU FAIS EXPRÈS DE TE SURCHARGER DE TRAVAIL, JE ME TROMPE ?
SALUT !

DÉJÀ AVANT ...
... C'ÉTAIT TOUJOURS « BIM ! », « ZAAAP ! », ET HOP !
BOULOT EXPÉDIÉ !
Ils manquent cruellement de vocabulaire !
Qu'est-ce qui lui prend ?
OUAIS ! SIMPLE, RAPIDE ET EFFICACE !
.....
MAIS LÀ, CES DERNIERS-TEMPS, IL BAT DES RECORDS ! ET EN PLUS, JE VIENS DE LE VOIR DISCUTER AVEC LE CHEF DU SERVICE.
Je mangerais bien un gyûdon, tu m'invites ?
Pas question !
Tiens, signe ça.
JE CROIS QU'IL S'OCCUPE AUSSI DU PROJET « NEW TOWN ».
PEUT-ÊTRE QU'IL VEUT AVOIR UNE PROMOTION RAPIDEMENT POUR POUVOIR ENFIN PENSER AU MARIAGE ?
QUI SAIT...

SERVICE VIE CITOYENNE
YAMAGUCHI, EST-CE QUE JE POURRAIS M'OCCUPER DES TAXES, AUSSI ?
QUOI ? AH, OUI, SI TU VEUX.
ET DONNE CECI À ÔMORI EN PASSANT.
FLAP
JE PENSE QU'IL EST DÉJÀ DÉBORDÉ AVEC CETTE AFFAIRE DE POLLUTIONS SONORES.
Comme tout le monde au service citoyen.
JE VAIS M'EN OCCUPER, CE SERA RÉGLÉ PLUS RAPIDEMENT.
.....
HOP
ITSUKI EN FAIT DE PLUS EN PLUS CES TEMPS-CI, TU NE TROUVES PAS ?

Le lendemain, Akaya a repris l'avion pour Tokyo.
TAC
TAC
TAC
TRAVAUX SUPERMARCHÉ
IL N'ÉTAIT PAS RENTRÉ DEPUIS CINQ ANS...
TOUT EST REDEVENU COMME AVANT, C'EST TOUT.

À l'école primaire, il me prenait souvent par la main.

Au collège, il était toujours à mes côtés.

PARDONNE-MOI...

Après le lycée, il a décidé de partir pour Tokyo et, je ne sais pas pourquoi, ça me mettait en colère.

Et en moins de temps qu'il n'en faut pour le dire...

...tu as disparu, dans un endroit où je ne pouvais plus te voir.

À VRAI DIRE, J'AVAIS L'INTENTION DE NE JAMAIS TE L'AVOUER.
MAIS QUAND J'AI VU TON VISAGE, À CE MOMENT-LÀ...
... ÇA A ÉTÉ PLUS FORT QUE MOI, JE N'AI PAS PU ME RETENIR.
J'AI ÉTÉ STUPIDE.
AU FINAL, ÇA N'A FAIT QUE T'EMBÊTER DAVANTAGE.
.....
À QUOI TU JOUES, À LA FIN... !?
JE... JE N'EN AI JAMAIS RIEN SU... !
TU SOURIAIS TOUJOURS BÊTEMENT, COMME SI ON ALLAIT RESTER ENSEMBLE POUR TOUJOURS... MAIS EN FAIT, JE NE TE CONNAISSAIS PAS...

AOE !
ÉCOUTE-MOI !
GRAB
TU CROIS QUE JE ME MOQUE DE TOI, MAIS C'EST FAUX.
TU AS TOUJOURS EU UNE PLACE SPÉCIALE DANS MON CŒUR, CE N'EST PAS NOUVEAU.
JE T'AI...
... TOUJOURS AIMÉ.
CRICRICRI
CRICRICRI

AKA... YA...
J'ESPÉRAIS TE VOIR UN PEU PENDANT TA PAUSE...
EXCUSE-MOI...
... MAIS JE VOULAIS ABSOLUMENT TE PARLER.
.....
DASH

......
TO : AOE
FROM : AKAYA
Je rentre à Toyko demain. J'aimerais te voir avant de partir, il faut qu'on discute.
CRRR
EH BIEN QU'IL Y RETOURNE, ET VITE !
AOE...

SHTONK
DIS, DIS ! TU CONNAIS AKAYA HINOMOTO ?
SURSAUTE
QUI ÇA ? NON...
C'EST UN DESIGNER TRÈS EN VOGUE EN CE MOMENT !
Souviens-toi, on l'a vu sur une pub dans le métro l'autre jour !
CE MAGAZINE EST UN NUMÉRO SPÉCIAL SUR LUI, DU COUP JE L'AI ACHETÉ !
DESIGN
En plus, il est plutôt mignon !
Ah voilà, c'est ça qui te plaît chez lui !
Hahaha !
« Ma carrière décolle enfin. »
ON DIRAIT QU'IL EST VRAIMENT CÉLÈBRE...

市役所
BROUHAHA
L'équipe numéro un peut prendre sa pause de midi !
D'accord !
ITSUKI, TOI AUSSI TU ES DANS L'ÉQUIPE NUMÉRO 1.
File manger !
POF
CLANK
OUI...
CLANK
Hein !? Pas de réaction !?

« Je t'aime... »
« ... au point d'avoir envie de te toucher, Aoe. »
CRIII
FSHHH
CRIII
HAN
PLIC

......
POC
JE DOIS ALLER... BOSSER...
CUI CUI
CUI CUI
FRSH
......

VVI
VVI
VVI
VVI
.....
GSHH
5 APPELS MANQUÉS
1 MESSAGE NON LU
BIP
TO : AOE
FROM : AKAYA
Je rentre à Toyko demain.
J'aimerais te voir avant de
partir, il faut qu'on discute.

TULULU-LUT !
APPEL ENTRANT
AKAYA
TULULU-LUT !
...!
TULULULUT !
TULULULUT !
TULULULUT !
TULULU-LUT...
.....
QU'EST-CE QUE JE SUIS CENSÉ FAIRE, HEIN !?
JE N'EN AI PAS LA MOINDRE IDÉE... !

HAN
HAN
HAN
HAN
ZWOOSH
HAN
TULULULUT !
SURSAUTE

JE CROYAIS...
... QU'ON ÉTAIT AMIS... !
.....
LÂCHE-MOI...
AOE !!!
LÂCHE-MOI, J'AI DIT !

JE T'AIME AU POINT...
... D'AVOIR ENVIE DE TE TOUCHER, AOE.
DEPUIS TOUJOURS...
ARRÊTE...
ARRÊTE !!
TAIS-TOI !
SBOM
NE TE MOQUE PAS DE MOI !!!

.....
JE COMPRENDS PAS OÙ TU VEUX EN VENIR...
T'EN AS PAS MARRE DE CETTE BLAGUE, À FORCE...
CE N'EN EST PAS UNE.
TU CROIS FRANCHEMENT...
... QUE JE T'AURAIS EMBRASSÉ JUSTE POUR UNE BLAGUE ?
... !

JE T'AIME...
JE T'AIME, AOE.

Deuxième partie

Première partie •FIN

...!
...!
EXCUSE-MOI...

HEIN... ?
TU L'AS DIT, TOUT LE MONDE A QUITTÉ CET ENDROIT.
TOUT CHANGE... LES GENS, ET MÊME CETTE VILLE...
AOE ? QU'EST-CE QUI TE PREND, TOUT À COUP ?
PEUT-ÊTRE QUE TOUTES LES CHOSES QUI SE SONT PASSÉES ICI NE SONT PLUS QUE DES SOUVENIRS POUR TOI...
... MAIS PAS POUR MOI... !

IL N'Y A QUE POUR MOI...
... QUE RIEN N'A CHANGÉ, ON DIRAIT !

« Je voudrais y ouvrir ma propre société de design. »
« Je reviendrai de temps en temps. »
« Je comprends... »
« Par ici, Aoe !! »

AU FAIT...
TU TE SOUVIENS DE KIRIYA ET HIROSE ?
DE LA CLASSE 3.
← 178 cm
Kiriya...
CE TYPE UN PEU FLIPPANT AVEC QUI TU T'ENTENDAIS BIEN ?
ILS ÉTAIENT SOUVENT ENSEMBLE.
186 cm
Tu veux de la glace ?
Ouais.
HAHA !
OUI, C'EST ÇA !
ILS SONT AUSSI À TOKYO, TOUS LES DEUX.
QUELLE SURPRISE, HEIN.
IL FAUT CROIRE QUE TOUT LE MONDE QUITTE CE TROU.
« Aoe, je vais partir pour Tokyo. »

LAISSE TOMBER IMMÉDIATEMENT ! ÇA NE T'APPORTERA QUE DES EMMERDES SANS AUCUN AVANTAGE !
MOI, CE N'EST PAS LA MÊME CHOSE !!
Il fume un paquet par jour.
TU N'ES PAS TRÈS CONVAINQUANT...
MAIS BIEN SÛR...
EH BEN ! ÇA NOUS RENVOIE SACRÉMENT EN ARRIÈRE, CES DESSINS.
C'EST ICI QU'ON S'EST RENCONTRÉS, TOUS LES DEUX !
Grâce à ce petit jeu.
TON DESSIN ÉTAIT TELLEMENT MOCHE QUE JE N'ARRIVAIS PAS BIEN À VOIR CE QUE C'ÉTAIT.
OUAIS, C'EST ÇA ! JE SUIS QUAND MÊME DEVENU DESIGNER, JE TE SIGNALE !
ILS SONT TOUJOURS LÀ...
......

TU TE CACHES ENCORE ICI !?
AKAYA !?
JE SUIS PASSÉ CHEZ TOI MAIS TU N'Y ÉTAIS PAS... ALORS JE T'AI CHERCHÉ !
GLOUPS
TIENS, TU FUMES, AOE ?
NON...
CRSHH
JE VOULAIS JUSTE ESSAYER...

TCHAC
FFFFH
!!
KHOFF
URGH !
QU'EST-CE QUE TU FABRIQUES ?
EH BEN... !
COMMENT IL PEUT FUMER DES TRUCS PAREILS !?
KHOFF KHOFF

CE COIN A PAS MAL CHANGÉ...
EN CONSTRUCTION
AOZORA NEW TOWN
INFORMATIONS
SOCIÉTÉ COMMERCIALE TANAKA
098-23-XXX-XX
NORMAL, CINQ ANNÉES SE SONT DÉJÀ ÉCOULÉES.
Lui aussi a changé...
Ça fera 706 ¥.

Si, j'ai quelque chose à te dire.
TIENS, PRENDS ÇA.
FLAP
PLANS DE AOZORA NEW TOWN
CRÉONS UNE VILLE OÙ IL FAIT BON VIVRE
C'EST LE PLAN DE L'ENTREPRENEUR.
POUR LA CONSTRUCTION DE NEW TOWN...
... IL A FALLU QUE LA BOUTIQUE DE VÉLOS TSUBAME VIDE LES LIEUX.
INFORMATIONS RELATIVES À LA FERMETURE

ITSUKI !
Pouit !
CLAAANK
SURSAUTE
... !!!!
QU... QU'EST-CE QUE VOUS FABRIQUEZ !?
VLAM
ET TOI, QU'EST-CE QUI T'ARRIVE ? POURQUOI TU SOUPIRES COMME ÇA ? ÇA NE VA PAS ?
C'EST PAS ÇA...
J'AI JUSTE UN PEU TROP BU HIER...
TOI !? C'EST RARE !!
Oooh !
Sérieux !?
.....
Parlez moins fort, s'il vous plaît !
ET DIRE QUE TU N'AS JAMAIS VOULU VENIR BOIRE AVEC MOI ! C'EST TROP MÉCHANT !
Je suis quand même ton supérieur !
Ouiiiin !
RETOURNEZ PLUTÔT TRAVAILLER SI VOUS N'AVEZ RIEN À ME DIRE...

3
BROUHAHA
Un appel pour vous !
TAC
TAC
DLING !
From : Akaya
To : Aoe
Merci pour hier !
Je n'arrivais pas à te réveiller, alors je t'ai ramené chez tes parents et je suis rentré.
Tout va bien ?
......
QU'EST-CE QUI M'A PRIS DE BOIRE AUTANT, HIER...
Pfff

GRAB
TU PEUX TE REPOSER UN PEU.
Je te réveillerai.
C'EST SI CHAUD, CONTRE LUI...
HAN !
KATAM
JE ME DEMANDE... COMBIEN DE TEMPS IL VA RESTER...
KATAM
KATAM

VACILLE
ATTENTION !!
EST-CE QUE ÇA VA ?
NNH...
TU NE TIENS PAS L'ALCOOL ?
C'EST PAS ÇA... J'AI BU TROP VITE, C'EST TOUT...
HAN' !
KSHHHH
KATAM
HAN !

DIS...
ÇA VA, LE BOULOT ? TU AS L'AIR TRÈS OCCUPÉ...
UN PEU, OUI...
MA CARRIÈRE DÉCOLLE ENFIN.
JE VAIS POUVOIR LANCER MA PROPRE SOCIÉTÉ DE DESIGN.
WAOUH !
C'EST TON RÊVE QUI SE RÉALISE...
HAHA ! ARRÊTE, TU VAS ME FAIRE ROUGIR.
Mmh ! C'est délicieux !
......

TILILIIING !
SLURP
.....
EXCUSE-MOI, C'EST MON TÉLÉPHONE.
TILILIIING !
BIP !
TAC
ALLÔ ?
OUI, C'EST BON...
OUI...
SRRRP
OUI, J'EN DISCUTERAI DIRECTEMENT AVEC LE CLIENT.
Je me rappelle encore quand il me prenait par la main et m'entraînait avec lui, avec son sourire radieux...
Il faut que nos délais concordent. Oui...
... MAIS JE NE ME SOUVENAIS PAS QUE SA SILHOUETTE DE DOS ÉTAIT SI IMPOSANTE...

DÉSOLÉ, DÉSOLÉ.
TU AS TOUJOURS AUTANT DE MAL AVEC LES GENS, TU N'AS VRAIMENT PAS CHANGÉ !!
C'était trop marrant !
KHOFF
Tu le sais, tu aurais pu m'aider un peu, là !
MOUAIS, DÉSOLÉ MAIS MOI, JE NE PEUX PAS SOURIRE SANS ARRÊT COMME TOI...
C'EST DOMMAGE, T'ES MIGNON QUAND TU SOURIS, AOE !
QUOI... ?
ON NE T'A JAMAIS DIT QU'UN MEC, C'ÉTAIT PAS « MIGNON » ?
JE T'ASSURE QUE TU L'ES.
LES GENS SE TROMPENT SOUVENT À TON SUJET, MAIS MOI JE TE CONNAIS. JE SAIS QUE TU ES QUELQU'UN D'INCROYABLEMENT GENTIL.
REGARDE, TU AS MÊME PRIS CONGÉ RIEN QUE POUR MOI.
.....
TILILIIING !

ET VOILÀ !
LES PLATS QUE VOUS AVEZ COMMANDÉS !
DOM
SURSAUTE
LA SUGGESTION DU JOUR !!!
Des sashimi !
CLANK
ON A REÇU DE BONNES SÉRIOLES AUJOURD'HUI !
D'AC-CORD...
POF
CRRR
S'IL Y A UN POISSON EN PARTICULIER QUE VOUS PRÉFÉREZ, FAITES-LE-MOI SAVOIR !!
Deux beaux gaillards comme vous, vous devez avoir faim ! Ne vous retenez pas !
VOUS AVEZ ASSEZ DE BIÈRE ?
OUI...
.....
PFFFT !
HAHAHAHA !!
AHAHAHAHAH
HÉ... !
Qu'est-ce qui te fait rire !?

Tu savais qu'il y a des figuiers derrière le magasin de vélos Tsubame ?
Non...
Cool ! Je t'y emmène, alors !
Au fait, c'est quoi ton nom ? Moi je m'appelle Akaya Hinomoto !
Viens, on va attraper des cigales !
PFF...

J'ai beaucoup hésité avec « rutabaga ».
!
C'était marrant alors j'ai dessiné la suite.
Excuse-moi !!
Tu n'as pas à...
... t'excu-ser...
Ouf, tant mieux !!
Allez, viens jouer avec moi !

* Jeu qui consiste à trouver un mot commençant par la dernière syllabe du précédent. En japonais : nasu (aubergine) – suika (pastèque) – kaeru (grenouille) – rubii (rubis).

ÇA SE PASSE…
… NORMALEMENT.
HAHA ! JE SAVAIS QUE TU ALLAIS DIRE ÇA !
JE N'EN AI PEUT-ÊTRE PAS L'AIR, MAIS EN TANT QU'AMI D'ENFANCE…
… JE ME FAIS DU SOUCI POUR TOI.
TU AS TENDANCE À ÊTRE UN SOLITAIRE.
C'est comme si ton aura tout entière criait « ne m'approchez pas ! ».
Aoe n'est pas marrant, il préfère s'amuser tout seul !
On se fait une partie de foot ?
Ouais, allons proposer à Kôji !
TORISAN

BAH ! EN TOUT CAS...
... JE SUIS SOULAGÉ QUE TU N'AIES PAS CHANGÉ, AOE.
.....
居酒屋
COMMENT ÇA SE PASSE AU BOULOT ?

STAP
STAP
.....
ÇA FAIT TELLEMENT LONGTEMPS QU'ON NE S'EST PAS VUS ! COMBIEN D'ANNÉES, DÉJÀ ?
C'EST RIEN...
Il est éblouissant...
CINQ ANS.
.....
AKAYA... ?
QUELLE MÉMOIRE...
HUMPF ! SI TU GARDES CE RYTHME, À NE REVENIR QU'UNE FOIS EN PLUSIEURS ANNÉES, ET SI ON COMPTE LE TEMPS QU'IL TE RESTE À VIVRE, TU NE PASSERAS MÊME PLUS UNE ANNÉE ENTIÈRE AVEC TA FAMILLE.
180 jours, tout au plus. Pas très sympa, hein...
ARRÊTE AVEC CES HORRIBLES CALCULS, TU ME RENDS TRISTE !!

... AOE !
AKAYA...
TIENS ? TU N'AURAIS PAS RÉTRÉCI, AOE ?
Depuis tout ce temps !
C'EST TOI QUI ES DEVENU UNE VRAIE ARMOIRE À GLACE, OUI !
Tu me cherches, hein !?
PAF
JE DÉCONNE !
MERCI D'ÊTRE VENU ME CHERCHER.

ANA
BROUHAHA
BROUHAHA
出発ロビー
Departure Lobby
IL DEVRAIT BIENTÔT ARRIVER...
POF
VOUS ÊTES SEUL, JEUNE HOMME ?
OUAH !
JE SUIS DE RETOUR...

Ça veut dire que je suis spécial à tes yeux ?
QU'EST-CE QUI TE FAIT DIRE ÇA ?
Ahahah !!
Aka-ya !
Aka-ya !
Hé…
Des gens t'appellent…
Ça fait un moment.
Pourquoi tu te caches, Akaya ?
Je suis grillé ?
Tu es en plein travail, je vais raccrocher.
Ah !
Aoe !
J'AI HÂTE D'ÊTRE À DEMAIN !
05:13
TUUT
TUUT
.....
LUI ALORS...
JE VOUS JURE !

ÇA FAIT UN BAIL, AOE !
QUOI... ?
TU...
POURQUOI...
... TU TÉLÉPHONES... ?
J'AI RESSENTI TOUT TON AMOUR.
J'AI TÉLÉPHONÉ SANS MÊME Y RÉFLÉCHIR.
FOUILLE
CRSH
COMMENT ÇA... ?
Je ne vois pas trop comment tu as ressenti mon « amour »...
Ben, c'est vrai, quoi ! Tu ne prends absolument jamais congé en temps normal, Aoe !
Mes congés payés s'accumulent, il faut que je les utilise un peu.
Et puis c'est normal de ne pas prendre congé à tout bout de champ !
TCHAC

Monte un peu plus le bras gauche...
OK !
FLASH
FLASH
DLING
From : Aoe
To : Akaya
J'ai pris congé demain.
TULULUT
TULULUT
!
ALLÔ ?
Tu as pris congé pour moi ?

CLANG
CLANG
大型
……
CRICRICRIII
ENCORE UN NOUVEAU BÂTIMENT... ?
CRICRICRIII
Elles sont bruyantes, les cigales...
DLING
From : Akaya
To : Aoe
J'arriverai demain vers 18h.
Tu travailles, Aoe ?
CLAP

POF
ITSUKI...
ITSUKI !
Comme d'habitude !
AUCUN PROGRÈS EN COMMUNICATION, À CE QUE JE VOIS !
YAMAGUCHI... ARRÊTEZ UN PEU, S'IL VOUS PLAIT.
On ne frappe pas les gens avec les pages jaunes.
Il va encore près de lui !
ET QU'EST-CE QUE VOUS ENTENDEZ PAR « COMMUNICATION » ?
Tu veux le feuilleter ? C'est le nouveau !
TAC TAC TAC TAC TAC TAC
COMMENCE PAR ESSAYER DE SOURIRE UN PEU PLUS !!
.....
C'EST INUTILE. JE SUIS ICI POUR TRAVAILLER, PAS POUR ME FAIRE DES AMIS.
TAC TAC
TU AGGRAVES TON CAS !!
.....
CLANK
IL EST L'HEURE, JE DOIS Y ALLER.

SERVICE VIE CITOYENNE
MONSIEUR KAJI...
MONSIEUR KAJI ! POURRIEZ-VOUS PHOTOCOPIER CECI ?
BIEN SÛR ! EN ÉCHANGE, TU PARTICIPERAS AU PROCHAIN RENDEZ-VOUS DE GROUPE ?
WOOSH
Ahahah
QUOI !?
KAJI !
Je vais partir en réunion.
POURRIEZ-VOUS ÉGALEMENT PHOTOCOPIER CECI ?
SURSAUTE
OUAH !
EUH...
OUI !
C'EST M'SIEUR ITSUKI !
PSST
PSST
PSST
TOUJOURS AUSSI PEU AIMABLE...

No where, Now here

(première partie)

Nous étions amis d'enfance.
Aoe !
Aoe !
Aoe ! Tu te caches encore ici !?
.....

HOST
CLUB

Ils se connaissent depuis très longtemps.
Ahahah, tu as la pêche !
Les femmes sont mieux, non ? Si tu me demandes mon âge, je te tue !
Quand il avait la vingtaine, c'était un yankee, uke professionnel accro au sexe.
Ichiko était un homme, avant : Ichinosuke (véritable nom).
♀
♂
Il est fâché mais en même temps il sait qu'il a raison.
LA FERME !!
Il était temps !
Ahahah ! Depuis le début t'as toujours été homo ! Tu aimes les mecs !
Je t'avais grillé, moi !
I HATE.

ON L'A FAIT... ON L'A FAIT !
.....
TOUT GÊNÉ
MA VIE EST ON NE PEUT PLUS CHAOTIQUE, ET TOUT ÇA, C'EST TA FAUTE... !
JE NE T'AI MÊME PAS ENCORE PÉNÉ-TRÉ...
Ne t'en fais pas.
OUAAAH !!!!
Espèce de... !!
NE ME PARLE PAS DE PÉNÉTRATION !
Pas de si bon matin !
TAC
Ouais, ouais...
TU VEUX UN CAFÉ, HIRO ?
OUI, SANS SUCRE !
JE M'EN DOUTAIS !
Ahahah, tu es telle-ment facile à comprendre !
Bienvenue chez les gays, mon pote !
Ichiko te comprend. Elle était un mec, avant. Et un yankee, en plus.
PAF

I LOVE •FIN

ATTENDS...
BRR
NON...
KIRI... YA...
PLISH
SPLISH
SPLISH
NON...
J'AI PEUR...
Ah ! Ah !
SMACK
... !
PLISH
SHRR
... !
JE NE VAIS PAS TE PÉNÉTRER...
HAN
FRISSON
LAISSE-MOI JUSTE CONTINUER COMME ÇA ENCORE UN PEU...
HIRO...

FRISSON
PAS LA PEINE DE LE FAIRE REMARQUER...
PLISH
PLISH
C'EST AGRÉABLE ?
PLISH
HAN
JE TE DONNE DU PLAISIR ?
HAN
SMACK
KIRI...
SURSAUTE
PUSH
FROTTE
FROTTE
...!
HII...
FRISSON

......
AH !
SLURP
HIRO...
NE... NE PARLE PAS EN MÊME TEMPS... !
SLURP
SLURP
Ah !
SLURP
SPLISH
Aaah ! Ah !
HAN
HAN
Ah
C'EST FOU...
FRISSON
REGARDE COMME TU BANDES DÉJÀ...

ADORABLE, HEIN... ?
C'EST...
... LA PREMIÈRE FOIS QU'ON ME DIT ÇA.
OUAIS, ÇA M'ÉTONNE PAS !

.....
TU TREMBLES...
ÉVIDEM-MENT QUE JE TREMBLE !!!
J'AI LA TROUILLE, JE TE SIGNALE !!!
WHAM
MAIS...
... QUAND JE VOIS CETTE EXPRESSION SUR TON VISAGE...
... J'EN ARRIVE À ME DIRE...
... QUE TU ES ADORABLE.

HIRO...
SÉRIEUSEMENT, QU'EST-CE QUI T'ARRIVE ?
JE SUIS LÀ, JE NE VAIS PAS M'ENVOLER...
SI ÇA ME DÉPLAISAIT TANT QUE ÇA, JE NE RESTERAIS PAS AVEC TOI !

J'EN AI ASSEZ...
... DE ME TORTURER L'ESPRIT POUR RIEN DU TOUT... !
J'AI LE DROIT D'ESPÉRER QUE LES CHOSES...
... NE SE PASSERONT PAS COMME IL Y A DIX ANS, PAS VRAI ?
QU'EST-CE QUI TE PREND...
GSH
JE NE PIGE RIEN À CE QUE TU RACONTES !
QU'EST-CE QUE TU...
JE REFUSE...
... DE TE PERDRE ENCORE UNE FOIS !

SHKAC
.....
FROUSH
NNH... !
QU...
QUOI... ?
GSH
KIRIYA... ?

PEUT-ÊTRE QUE J'AI PEUR ?
PEUR DE LE PERDRE UNE NOUVELLE FOIS... ?
J'ai pourtant tout ce dont je rêvais...
......

Pourquoi...
... le passé me revient-il encore en tête, à présent ?
CLAC
STAP
.....

14
DANG
« Hiro... ! »
DANG
DANG
... !
KIRIYA ?
QU'EST-CE QU'IL Y A ?
ALLONS À LA LIBRAIRIE...
FROTTE
KATAM
KATAM

.....
GRAB
HIRO... ?
DAAANG
DANG
DANG
DANG
DANG

KIRIYA ?
KIRI...
SBOM
...!
NNH...

AAAH ! C'ÉTAIT MARRANT !
ILS T'ONT PAS MAL FAIT BOIRE, ÇA VA ?
Le patron ne t'a pas trop laissé le choix.
Bah !
AU CONTRAIRE, J'AURAIS BIEN BU UN PEU PLUS.
TU AS UNE BONNE DESCENTE...
ON PEUT PASSER ACHETER DE L'ALCOOL À LA SUPÉRETTE ?
J'aimerais bien passer à la librairie Tsutaya, aussi.
« Depuis quand es-tu si froussard ? »

VIENS BOIRE AVEC NOUS, ICHIKO !
On va faire un concours !
ET COMMENT !
ok !
Birthday, birthdayyy ! Bibibibiiiirthday !
Ce soir c'est le premier jour de Masato !
Birthday, birthdayyy ! Merci à tous !
Hourraaa Hourraaa
DOM
FROUS-SARD...
STAP
SUIS-JE DEVENU UN FROUSSARD ...?

IL N'Y A PAS DE FUMÉE SANS FEU, COMME ON DIT.
ZWIP
ALORS ?
JUSQU'OÙ ES-TU ALLÉ AVEC LUI ?
ICHIKO...
Je vous l'apporte.
VOUS VOULEZ UN VERRE DE CHAMPAGNE, C'EST BIEN ÇA ?
Dommage...
C'EST RARE QUE TU CHANGES DE SUJET AINSI. JE SUPPOSE DONC QUE VOUS N'AVEZ ENCORE RIEN FAIT.
Ça ne te ressemble pas, Kiriya. Tu es du genre rapide, d'habitude.
CE N'EST PAS SI SIMPLE.
Ah non ?
DEPUIS QUAND ES-TU SI FROUS-SARD ?
DÉCIDÉ-MENT, ÇA NE TE RESSEMBLE VRAIMENT PAS !!
.....

IL TRAVAILLE POUR UN MAGASIN D'AMEUBLEMENT, IL EST LÀ POUR LE BOULOT.
LE PATRON A ENCORE ACHETÉ UN CHANDELIER...
Je vais les exposer dans le club !
J'ai craqué !
OUI, C'EST MALADIF CHEZ LUI...
Ahahah
.....
HOHOOO !
JE VOIS...
JE COMPRENDS MIEUX D'OÙ VIENT LA RUMEUR QUE TU AIMES LES FILLES AVEC UN GRAIN DE BEAUTÉ SOUS L'ŒIL, MON PETIT KIRIYA.

QUE VOULEZ-VOUS BOIRE ?
CHOISIS POUR MOI, KIRIYA.
7.700€
DANS CE CAS, PARTONS SUR UN RICHARD HENNESSY...
SERS-MOI PLUTÔT UN VEUVE CLICQUOT !
380€
ALLONS, MON PETIT KIRIYA ! ON NE VA PAS DÉJÀ COMMENCER PAR LES MEILLEURES BOUTEILLES. JE VIENS À PEINE D'ARRIVER.
Tu es stupide ou quoi ?
C'EST VRAI, PARDON...
QUI T'A APPRIS ÇA, HEIN ?
Le patron ?
THIC
TIENS TIENS...
INTIMIDÉ
QUI EST CE GARÇON ? JE NE L'AI JAMAIS VU... UN NOUVEAU ?
NON, C'EST UN AMI À MOI.
IL N'EST PAS ESCORT BOY.
UN AMI ?

TU PEUX T'INSTALLER SUR UNE TABLE, LÀ-BAS, POUR TRAVAILLER.
ET QUAND TU AURAS TERMINÉ, SERS-TOI LA BOISSON QUE TU VEUX.
HEIN ?
ATTENDS-MOI, ON RENTRERA ENSEMBLE.
HEIN ? ET TON BOULOT ?
JE FINIS À MINUIT CE SOIR.
On a deux équipes, une première jusqu'à minuit et l'autre jusqu'au matin.
À PLUS TARD !
OUAIS...
Bienvenue !
BLA
BLA
ALLONS NOUS ASSEOIR AU FOND, ICHIKO.
night

… J'AI ACHETÉ UN NOUVEAU CHANDELIER SUR UN COUP DE TÊTE ! ❤
À 60.000€ !
Héhéhé
MAIS QUEL IDIOT VOUS FAITES, PATRON !
C'est tout ce qu'on avait gagné grâce à mes bouteilles de Louis XIII !!
toc toc
B… BON-JOUR…
Euh…
Je suis là pour le boulot…
HIRO !?
TU AURAIS PU ME PRÉVENIR QUE TU ALLAIS PASSER !
ET POUR-QUOI TU SOURIS BÊTEMENT, TOI ?
HEIN ?
ENFIN BREF !
JE SUIS VENU POUR UNE COMMANDE !

ZWOUP
ALORS ?
VOUS AVEZ COUCHÉ ENSEMBLE ?
PETIT PERVERS !!
JE NE VOIS PAS DE QUOI VOUS PARLEZ.
TU TE MOQUES DE MOI !? JE PARLE DE LA FILLE QUE TU ES ALLÉ RETROUVER CE MATIN, ÉVIDEMMENT !!
Un nouveau est arrivé
C'EST PARCE QUE VOIS-TU, NOUS AVONS TROUVÉ NOTRE NOUVEAU NUMBER ONE !!!
BEN, EN FAIT...
MAIS DITES-MOI ! LE CLUB EST DÉJÀ BIEN ANIMÉ, CE SOIR !
Par ici, les fleurs !
À court d'alcool ?
WHAM
WHAM
AH, ÇA !
GSHH
ET EN PLUS...

TU NE VAS PAS ÊTRE EN RETARD POUR LE BOULOT ?
IL EST DÉJÀ 8 HEURES.
GLOUPS
Il est 8 heures et 16 minutes.
RAAAAAH ! MAIS QUEL CRÉTIN !!
TU AURAIS PU LE DIRE PLUS TÔT !! C'EST VRAIMENT PAS LE MOMENT DE ME FAIRE DES AVANCES !!
DAH
DAH
DAH
DAH
TU METTRAS LES CLÉS DANS LA BOÎTE AUX LETTRES EN SORTANT !
Numéro 303 !!
CLAC

BLINK
NNH...
TU...
TU ES TROP PRÈS !!
Ouah !!!
QU... QU... QU'EST-CE QUE TU FICHES !?
RECULE AUTANT QU'IL PEUT
Pas la peine de mettre tant de distance entre nous, hein !!
.....
GRAB
DIS...
HIRO...
HEIN... ?
GSHH
QU...
QUOI... !?

CLAC
Il s'est rendormi.
Malgré tout...
FRSHH
.....
... je peux être à ses côtés.
C'est le plus important à mes yeux.
QUI AURAIT CRU QU'UN BEAU JOUR, JE POURRAIS LE REGARDER DORMIR.
POF
PAS MOI, EN TOUT CAS...

Je suis amoureux de lui depuis dix ans.
JE N'AVAIS PAS L'INTENTION DE LE LUI AVOUER, MAIS...
C'est l'horreur... !
Tout ça, c'est ta faute !
« À part toi, il m'est impossible d'embrasser qui que ce soit ! »
......
S'il avait voulu me séduire, il n'aurait pas pu dire mieux !
CRR
DEPUIS, ON N'A FAIT AUCUN PROGRÈS...
J'ai bien essayé de l'emmener à l'hôtel, un jour, mais il a pris ses jambes à son cou.
Enfin, c'est normal...

CRII
FSHHHH
Ça fait tout juste un mois que j'ai retrouvé Hiro, par hasard.
Tous les deux, on était amis au lycée.
En fait, on était même...
... « Kiss-friends ».

!
FRISSONNE
NNH !?
HÉ !
ARRÊTE...
FRISSONNE
KIRIYA... !
KIRIYA !!! UN BAIN !!!
POUSSE
HAN
J'AI FAIT COULER UN BAIN, TU DEVRAIS EN PROFITER !!
.....
Un bain...
Il essaye de gagner du temps.
HAN
HAN
TSS !
Les puceaux, je vous jure !
Attends que je sois hors de portée pour râler !!
JE T'ENTENDS, TU SAIS ! NON MAIS OH !

HÉ !
STAP
AT-TENDS !
TU PUES L'AL-COOL !
POF
HÉ OOOH !
ESPÈCE D'ALCOO-LIQUE !
KIRIYA, ATTENDS...
BAM
POF
NNH...
HIRO...

TIENS, TIENS ? ET JE PEUX SAVOIR OÙ TU DOIS ALLER COMME ÇA, DE SI BON MATIN ?
......
FROTTE
Voir une femme ? Petit cachotier !
LÂCHEZ-MOI, À LA FIN...
DING DONG
DING DONG
......
CLANK
Hé oh !
UNE SEULE FOIS AURAIT SUFFI !

TU ES NÉ POUR ÊTRE ESCORT BOY, KIRIYA !
Mes yeux ne se trompent jamais.
Vous êtes lourd...
J'AI BIEN FAIT DE TE PROPOSER CE BOULOT, CE JOUR-LÀ !
Je ne peux plus rien boire...
Uurgh...
Montagne d'Escorts K.O.
HAN... AH BON...
Ne parlez pas si fort...
BON !
QU'EST-CE QUE TU VAS FAIRE, MAINTENANT ?
ÇA TE DIT D'ALLER MANGER DES RÂMEN ?
HMM...
DÉJÀ 6 HEURES...
DÉSOLÉ...
JE DOIS PASSER QUELQUE PART...
Je vais rentrer.

« Kiriya... »
... YA...
KIRIYA !
.....
AÏE...
MA TÊTE...
CE QUE J'AI MAL...
Merci d'être resté jusqu'à la fermeture !
BON-JOUR !
EH BEN ! ON A BIEN GAGNÉ CETTE NUIT, C'EST MOI QUI TE LE DIS !
Cette tour est sûrement plus grande qu'à l'époque de Louis XIII !
Ça me revient...
DAAM
J'EN AI EU LA CHAIR DE POULE QUAND ELLES ONT COMMANDÉ DIX BOUTEILLES DE LOUIS XIII !
6.000€ X 10 BOUTEILLES = 60.000€

... c'était toi.
I LOVE

Il y a quelqu'un...
... que je voudrais revoir.
.....
Voyez-vous ça...
La seule chose qui me venait à l'esprit, piégé dans ce tourbillon de neige...
HAN

À moins que...
... tu n'aies nulle part où aller ?
Je viens d'arriver à Tokyo.
Ooh...
Pourquoi ne pas prendre d'hôtel ?
.....
Tu n'as pas un rond ?
Et je peux savoir ce que tu es venu faire à la capitale ?

3F
歌舞伎町一
HAN
Allez, Miyo...
Passe au club ce soir.
On boira du Dom Pérignon rosé ensemble.
Hein ?
STAP
Hé, toi...
Tu comptes passer la nuit ici ?
Tu risques de mourir...

JE VAIS ME CHARGER DE T'APPRENDRE TOUT CE QU'IL Y A À SAVOIR.
Ça va aller.
UNE FEMME OU UN HOMME, (AU BOUT DU COMPTE) CE N'EST PAS SI DIFFÉRENT.
L...
recules comme ça ?
Pourquoi tu
L...
IMPRESSION
DE DÉJÀ-VU
Lui alors !!!!!
Seigneur Dieu...
Il n'y a aucun doute là-dessus, ma vie n'est qu'un immense chaos...
Eh bien alors, Monsieur l'escort boy ?
On peut savoir où vous emmenez ce pauvre Hirose, comme ça, de si bonne allure... ?
Le binoclard !!!
Je l'emmène à cet hôtel, là-bas, qui ressemble à un love hotel.
Aide-moiii !!!
I HATE • FIN

J'AI PENSÉ QU'ICI...
... J'AVAIS PEUT-ÊTRE UNE CHANCE DE TE REVOIR.
HEIN... ?
QUOI... ?
MAIS AU FAIT...
ÇA VEUT DIRE QUE TU N'AS JAMAIS EMBRASSÉ PERSONNE D'AUTRE QUE MOI ?
À 27 ans... ?
HEIN !?
Pas la peine de le répéter !
DONC, TU CONNAIS UNIQUEMENT LE GOÛT DE MES BAISERS.
Et en plus, tu es encore puceau...
HÉ !
AR...
ARRÊTE DE DIRE ÇA !!!
ET T'ES UN PEU TROP PROCHE, AUSSI !

...!
NNH...
HAN
...!
POF
KIRI...
HIRO...
T'es lourd !
TU SAIS POURQUOI JE SUIS VENU À TOKYO ?

À CAUSE DE TOI, JE N'AI JAMAIS PU EMBRASSER AUCUNE FILLE...
... ET JE SUIS TOUJOURS PUCEAU MALGRÉ MON ÂGE... !
« Hiro, tu connais le terme « Kiss-friends » ? »
« Pourquoi tu ne m'embrasses jamais, Hirose ? »
MA VIE EST UN FIASCO, ET C'EST TA FAUTE !
« T'es homo ou quoi !? »
PAR TA FAUTE...
Sors ta langue, Hiro, ce sera encore meilleur. »
... JE...

JE VOULAIS OUBLIER !!!!
J'AI TOUJOURS VOULU OUBLIER !
MAIS JE N'AI PAS PU, À CAUSE DE TON VISAGE À CE MOMENT-LÀ !!
POF
J'AVAIS BEAU ESSAYER DE TE SORTIR DE MA TÊTE, RIEN N'Y FAISAIT !
ET MAINTENANT, VOILÀ QUE TU RÉAPPARAIS DEVANT MOI...
... ET QUE TU ME RETOURNES UNE NOUVELLE FOIS LE CERVEAU... !

JE…
JE N'AI JAMAIS DIT QUE…
JE… TU SAIS…
HIROSE…
CE JOUR-LÀ, AU LYCÉE…
… JE M'EXCUSE DE T'AVOIR FAIT PEUR.
SURSAUTE
ON N'A PLUS JAMAIS EU L'OC-CASION DE SE PARLER APRÈS CET INCIDENT.
J'AI TOUJOURS VOULU TE PRÉSENTER MES EXCUSES.
TU PEUX TOUT OUBLIER, SI CE N'EST PAS DÉJÀ FAIT.

CLAC
HIROSE !
Oh là là ! Quel vilain garçon !
Fais gaffe à tes lunettes ou elles risquent de finir en bouillie !
TU AS DE LA VISITE.
IL EST VENU RAPPORTER LES DOCUMENTS QUE TU AS OUBLIÉS.
DÉSOLÉ DE TE DÉRANGER.
JE SUIS JUSTE VENU RAPPORTER ÇA.
.....
HIRO...
QUAND L'INSTALLATION SERA TERMINÉE, ON NE SE REVERRA PLUS JAMAIS. NE T'EN FAIS PAS.

MOI JE M'EN FOUS, HEIN, MAIS TU VAS VRAIMENT METTRE DE L'EAU CHAUDE LÀ-DEDANS ?
AH !
C'est du pudding...
JE TE TROUVE BIZARRE CES TEMPS-CI. TU ES SÛR QUE TOUT VA BIEN ?
Tu as même oublié des documents pour le boulot dans ce club.
Ça ne te ressemble pas.
TU SAIS, LE BINOCLARD...
... J'AI LE SENTIMENT QUE JE NE VAIS PLUS POUVOIR RESTER MOI-MÊME LONGTEMPS, ÇA ME FICHE LA TROUILLE...
.....
HIROSE...
AH BON ? IL S'EST ENFIN PASSÉ UN TRUC ENTRE TOI ET MONSIEUR-LA-SOURCE-DE-TON-TRAUMA ?
Raconte !
AH OUAIS, C'EST VRAI, J'AVAIS OUBLIÉ QUEL GENRE DE MEC T'ÉTAIS... !!!
J'ai été stupide de vouloir te demander conseil !!!

À vrai dire, celui que j'ai le plus de mal à comprendre...
... c'est...
... moi-même.
ROOM ART NIKEA
.....
NIKEA ROOM ART
.....
HIROSE...

POUR-QUOI...
... SE SOUVIENT-IL DE ÇA... ?
JE...
... N'Y COMPRENDS RIEN... !
NON...
JE N'Y COMPRENDS RIEN DU TOUT...
... !

TIENS.
MERCI...
.....
TU PEUX RESTER ICI LE TEMPS DE RÉCUPÉRER UN PEU.
Café noir sans sucre
« Le café, ça se boit noir et sans sucre ! »
GYAAAH
« N'importe quoi ! Le meilleur, c'est le café au lait ! »
GYAAAH

HÉ ! TOUT VA BIEN ?
POUSSE
OUAAAH !
DÉ...
DÉSOLÉ !
.....
TU ES ÉPUISÉ.
TU DEVRAIS TE REPOSER UN PEU.

TAC
TAC
PFFF
J'AI LA TÊTE QUI TOURNE À CAUSE DE MA NUIT BLANCHE...
.....
OH LÀ !
IGNORE-LE, CE N'EST PAS TON PROBLÈME...
ZWOUP
GLISSE
HEIN... !?
AH...
NON... !!
SBOM
... !

SALUT...
JE... JE SUIS VENU LIVRER TA COMMANDE...
ENTRE.
TU MANQUES DE SOMMEIL ?
TU ES...
... BLANC COMME UN LINGE.
PAS...
PAS SPÉCIA-LEMENT...

Pfff...
FINALEMENT JE N'AI PAS PU FERMER L'ŒIL DE LA NUIT.
Ben alors, mon petit Hirose ? Tu as mauvaise mine, tu sais ! Tiens, va donc livrer ceci !
S'il te plaît !
ET À CÔTÉ DE ÇA, LUI, CE STUPIDE BINOCLARD...
Je lui péterai ses lunettes !
.....
TAP
HOST CLUB
night

De quoi as-tu peur ? Idiot...
« Hiro... »
FRSHH
.....
SÉRIEU-SEMENT...
À QUOI IL JOUE...
... EN-CORE...

« C'est pas trop classe, sérieux !? »
Mate un peu !
Au Japon, nous, on a les constructions Andô, c'est pas mal non plus !
« Si, si, ça l'est. »
« Si tu le dis... »
Espèce de... !
BIP
BIP
ALORS COMME ÇA...
... IL S'EN SOUVIENT...
AH
VROUSH
MAIS POURQUOI JE PENSE À LUI, MOI !?
« On est amis. »
.....

CLAC
JE SUIS CREVÉ...
POUF
TNG
Le monde de L'ARCHITECTURE
Casa
BLOTUS
Tout sur l'aménagement
FLAP
Le monde de L'ARCHITECTURE
« Waouh ! T'as vu ça !? Et c'est encore en construction ! »

GRAND SILENCE
Allez, dis un truc !
TOI...
... EN REVANCHE, TON BOULOT NE M'ÉTONNE PAS. TU ADORES L'ARCHITECTURE, HEIN ?
TU AS TOUJOURS AIMÉ ÇA.
HEIN... ?
EUH...
CRSH
AT-TENDS...
CARESSE
DE QUOI AS-TU PEUR ? IDIOT...
SURSAUTE
CLAC
Ce...
C'était quoi !!?
Hein !?

FSHHHH
PFFF...
CE QU'IL PEUT M'ÉNERVER, LUI, ALORS !
DÉCIDÉMENT, ÇA N'A PAS L'AIR DE LE PERTURBER LE MOINS DU MONDE !
CRIII
OUOH !
KI...
KIRIYA... ?
TU TE SENS MAL ?
N...
NON, PAS SPÉCIA-LEMENT.
Tout va bien.
.....
LE MALAISE...
FSHHH
QU...
QUELLE SURPRISE ! JE NE SAVAIS PAS QUE TU ÉTAIS ESCORT BOY !
AH, OUAIS...

HIROSE SE CHARGERA PERSONNELLEMENT DE LA LIVRAISON.
HEIN !?
TRÈS BIEN...
VOUS POUVEZ ENVOYER N'IMPORTE QUI, FAITES COMME BON VOUS SEMBLE.
FLAP
C'ÉTAIT QUOI, ÇA... ?
EXCUSEZ-MOI...
JE ME PERMETS D'UTILISER VOS TOILETTES, JE REVIENS.
TAC

Parce que c'était agréable, voilà pourquoi.
Enfin...
... je suppose...
HOST CLUB
RÉCAPITU-LONS...
VOUS DÉSIREZ CE MODÈLE DE LAMPE, C'EST BIEN ÇA ? NOUS POURRONS VOUS LIVRER AU PLUS TARD POUR VENDREDI.
PARFAIT.

D'ACCORD, ADMET-TONS.
TU AS RETROUVÉ LE GARS RESPON-SABLE DE TON TRAUMATISME. MAIS VOUS N'ALLEZ VOUS VOIR QUE DANS LE CADRE DU TRAVAIL.
ET DEPUIS LE TEMPS, VOUS DEVEZ ÊTRE PAS-SÉS À AUTRE CHOSE.
IL AVAIT PEUT-ÊTRE L'AIR D'ALLER BIEN, LUI...
... MAIS CE N'EST PAS MON CAS, LOIN DE LÀ !
JE NE RÊVE QUE DE L'OUBLIER, ET POURTANT...
... JE N'ARRIVE À EMBRASSER AUCUNE DES FILLES AVEC QUI JE SORS.
CHAQUE FOIS QUE JE SUIS SUR LE POINT DE LE FAIRE, SON VISAGE ME REVIENT EN TÊTE.
Puis il me suffit de voir la fille que j'ai en face de moi pour être refroidi.
DANS CE CAS...
... POURQUOI NE PAS L'AVOIR REPOUSSÉ PLUS TÔT, QUAND VOUS ÉTIEZ ENCORE AU LYCÉE ?
.....
POUR-QUOI... ?

Après cet incident, j'ai été diplômé du lycée et j'en ai profité pour partir me réfugier à Tokyo.
Ce qui m'a vraiment fichu la trouille, c'était son visage si sérieux.
ET DONC ?
TU ES TOUJOURS PUCEAU À 27 ANS, C'EST ÇA ?
C'EST DÉBILE, JE SAIS !
Tu le savais ? Il paraît que les gens qui restent vierges jusqu'à 30 ans obtiennent des pouvoirs magiques ! Ça ne va plus tarder, pour toi !
SI TU N'AS L'INTENTION NI DE M'AIDER NI DE ME CONSOLER, DIS-LE TOUT DE SUITE !!
J'essaye de te demander conseil, là !!

Kiri...
... ya...
... !
BOM
Arrête !
SBAM
CLANG
... !
Outch...
PFOUAH
Je...
Je dois rentrer... !

En plus...
... grâce à toi, je me suis pas mal amélioré en roulage de pelles.
Il faut...
... que j'aille tester ma technique sur quelqu'un d'autre...
... !
Nh... !
VLAM
Kiriya...
qu'...
Qu'est-ce que...

Arrête... !
Kiriya... C'est trop long !
CLANG
.....
Désolé.
CLANK
Pfff...
Je devrais p'tet me trouver une copine.
Hein ?
C'est vrai, quoi. C'est agréable avec toi, mais bon...
Chopez la balle !
... ça ne mène nulle part de s'embrasser entre mecs.

GYAAAH !
Pas en plein milieu de la rue, crétin !
À partir de ce jour...
Laisse-moi lire...
... on s'est embrassés un nombre incalculable de fois.
UNE FOIS QU'ON S'Y EST HABITUÉ, C'EST PLUTÔT AGRÉABLE...
FRSHHH
Nnh... !
CRIII
Fujitaaa ! Couuurs ! Plus vite !!
Ahahah
CRIII
CRIII

Il paraît que les lèvres d'un garçon sont tout aussi douces que celles d'une fille et que c'est aussi excitant.
CLANG
Ki... Kiriya !
Attends un peu...
Nh !
Nnnh !
WOOSH
VLAM
Kiriya !
Espèce de... !
Alors ?
Garçon ou fille, c'est pas très différent, hein ?
Il...
Il délire... !?

.....
Kyaaah ! Ça craint !
Dis, Hiro...
GLOUPS
Tu connais le terme « Kiss-friends » ?
EUH...
Hein... ?
ZWOUSH
Hé oh !
Ce sont des amis qui s'embrassent, sans jamais aller plus loin.
SURSAUTE

... c'était de le revoir.
Pfff...
Ce qu'on s'emmerde ...
Kiriya...
Qu'est-ce que tu vas faire pour Aoki de la classe 2 ?
Elle t'a demandé de sortir avec elle, pas vrai ?
Ouais...
J'ai refusé.
J'ai grave la flemme.
T'es trop méchant.
Tu te tapes des filles et puis basta ! Plus rien !
La ferme !
Me cherche pas !

TINK
!
S'il y a bien une chose dont je n'avais pas envie...
Nous devrons revenir plus tard.

Tu es donc l'un de ses très rares amis !
AMIS ? AH BON ?
ZWOUSH
.....
ENFIN BREF ! C'EST ICI QUE ÇA SE PASSE.
L'ÉCLAIRAGE EST UN PEU VIEILLOT.
NOUS AIMERIONS LE REMPLACER.
night
BIEN, NOUS ALLONS MESURER...
......
J'Y CROIS PAS !!
QU'EST-CE QU'IL FABRIQUE ICI !?

Après dix longues années, voilà que je tombe sur un ami devenu Escort Boy...
HEIN... ?
Tiens ?
Tu le connais ?
... et qui en plus, apparemment, est un de nos clients (je bosse dans un magasin d'ameublement).
JE NE SAVAIS PAS QUE TU CONNAISSAIS DES ESCORT BOY, HIROSE.
Tu as le bras plus long que je l'imaginais.
EUH...
MOUAIS...
ON EST AMIS...
... EN FAIT.
DEPUIS LE LYCÉE.